兒童理財啟蒙故事 ④

小管家購物記　消費和預算

真果果 編著

新雅文化事業有限公司
www.sunya.com.hk

兒童理財啟蒙故事 4
小管家購物記（消費和預算）

編　　　著：真果果
繪　　　畫：心傳奇工作室 逗鴨
責任編輯：張雲瑩
美術設計：劉麗萍
出　　　版：新雅文化事業有限公司
　　　　　　香港英皇道499號北角工業大廈18樓
　　　　　　電話：（852）2138 7998
　　　　　　傳真：（852）2597 4003
　　　　　　網址：http://www.sunya.com.hk
　　　　　　電郵：marketing@sunya.com.hk
發　　　行：香港聯合書刊物流有限公司
　　　　　　香港荃灣德士古道220-248號荃灣工業中心16樓
　　　　　　電話：（852）2150 2100
　　　　　　傳真：（852）2407 3062
　　　　　　電郵：info@suplogistics.com.hk
印　　　刷：中華商務彩色印刷有限公司
　　　　　　香港新界大埔汀麗路36號
版　　　次：二〇二二年四月初版
　　　　　　二〇二四年四月第二次印刷

ISBN : 978-962-08-7985-2
© 2022 Sun Ya Publications (HK) Ltd.
18/F, North Point Industrial Building, 499 King's Road, Hong Kong
Published in Hong Kong SAR, China
Printed in China

兔媽媽是兔子大屋的「管家」，兔子大屋裏每個月的支出都由她來分配，兔媽媽把這件事叫做預算。每到月初，兔媽媽把錢分別裝進幾個信封，每個信封裏的錢都有專門的用途。

小兔子們卻不管什麼預算，他們總是有買不完的東西，只要喜歡，他們就毫不猶豫地用自己的零用錢買下來。可是零用錢也有花光的時候，這時他們就只好向兔媽媽求助。而兔媽媽總是說：「真的抱歉，我的預算裏沒有多餘的錢。既然你們的零用錢花光了，那就只好等下一次拿到零用錢再買了。」

5

小兔子們不明白為什麼兔媽媽要做預算。

雪兔姐姐說：「錢不就是用來買我們想要的東西嗎？為什麼要有預算？」

風兔弟弟說：「沒錯，媽媽把錢分配得那麼嚴格，一點兒也不靈活變通。」

花兔妹妹說：「要是我們能當『管家』，才不要有預算，想怎麼花錢就怎麼花錢。」

小兔子們向兔媽媽提出意見——他們要當一次「管家」。

兔媽媽微笑着說：「歡迎你們來當『管家』，但是要先通過一個小測試，這是我們一家人下個星期的飯錢預算，請你們去市場上買些食物吧！」

「這些錢由我們管了嗎？」雪兔姐姐雙手接過錢。

「想買什麼就買什麼嗎？」花兔妹妹眼睛裏閃着光。

兔媽媽點點頭，補充說：「要符合一家人的口味，還要合理使用這些錢。」

「放心吧，媽媽！」風兔弟弟調皮地敬了個禮。

第二天，小兔子們拿着菜籃子，有模有樣地出門了。

他們原計劃去蔬菜店買些蔬菜，可是在去蔬菜店的路上，小兔子們被一家蛋糕店吸引住了。

　　蛋糕店的櫥窗裏展示着各種各樣的蛋糕：巧克力蛋糕、草莓蛋糕、胡蘿蔔蛋糕……一縷縷香氣飄進了小兔子們的鼻子裏。

「不如……我們不買蔬菜了，這個星期全都吃蛋糕吧！」
花兔妹妹提議。

「贊成！我們買七種口味的蛋糕，一個星期七天不重複，
也吃不膩。」風兔弟弟接着說。

雪兔姐姐咽了咽口水，也點頭同意了。

於是，他們買了七種口味的蛋糕，心滿意足地回家了。

接下來的兩天，一家人一日三餐都是蛋糕。第一天是草莓味的，第二天是巧克力味的。

來到第三天早上，兔爸爸看着盤子裏的胡蘿蔔蛋糕，皺着眉頭問：「親愛的小管家們，我想吃些蔬菜和喝一杯牛奶，可以嗎？」

小兔子們也不想吃蛋糕了，可是他們把這個星期的飯錢都買了蛋糕，沒有錢買其他食物了。

　　兔媽媽笑着搖搖頭，說：「真遺憾，你們這次的管家測試不合格。從明天開始，你們跟着我做『見習管家』吧！」

「見習管家」也是管家，小兔子們準備了小記事簿，隨時記下兔媽媽當管家的祕訣。

星期日，兔媽媽從生活費裏拿出一點兒錢，去菜市場購買一家人下個星期的食物。小兔子們在小記事簿上記下：生活費用來買食物。

可是，逛呀逛，小兔子們有些不耐煩了，因為兔媽媽一連逛了好幾家蔬菜店，卻什麼都沒買。

「媽媽，今天的蔬菜不好嗎？你怎麼不買呢？」雪兔姐姐忍不住問。

兔媽媽說：「每家蔬菜店的品質和價格不一樣，我們需要多比較幾家，才能用最合理的錢買到最好的蔬菜，這叫『貨比三家』！」

花兔妹妹說：「對啊，貨比三家還能讓我們節省金錢。」

星期一，管理員阿姨來兔子大屋收上個月的水費、電費和煤氣費，她對兔媽媽說：「你們家的水費上升了不少呢！」

　　兔媽媽不得不從「生活費」的信封裏多拿出一些錢交給管理員阿姨，說：「因為我們家養了三隻喜歡玩水的『小鴨子』。」

小兔子們知道兔媽媽說的是他們——他們趁爸爸媽媽外出那天，在浴室裏玩了一整天「海底大冒險」，一次又一次地把浴缸裏的水放滿又放掉。

　　於是，小兔子們在小記事簿上記下：生活費也用來支付水費和燃料費，節約用水可省錢……

小兔子們以為自己發現了兔媽媽使用預算的秘訣——節約。可是，他們又發現，兔媽媽也有不那麼節約的時候。

　　雪兔姐姐的學校舉行郊外寫生，兔媽媽從「教育費」的信封裏拿出一些錢，給雪兔姐姐買了畫板和顏料。

　　風兔弟弟迷上了手風琴優美的旋律，兔媽媽從「教育費」裏拿出錢，讓風兔弟弟去學習手風琴。

　　花兔妹妹的舞蹈班開課了，兔媽媽又把剩餘的「教育費」交給了舞蹈班。

　　原來，「教育費」用來支付小兔子們學習的費用，在兔子大屋，學習的事情不需要節約。

這天，狂風大作，黑壓壓的烏雲正在醞釀一場暴雨。

風兔弟弟趕着回家的時候摔傷了膝蓋，花兔妹妹急得大哭起來：「爸爸媽媽，怎麼辦呀！」

兔爸爸把風兔弟弟帶到醫院，醫生給風兔弟弟處理了傷口，說：「不用擔心，只是皮外傷。」

兔媽媽從「醫療費」的信封裏拿錢去繳交費用，然後說：「雖然我們不會每個月都來醫院，但是要有這部分預算才不至於束手無策啊。」

回到家，大家卻發現兔子大屋的房頂被大風吹塌了。

雪兔姐姐沮喪地說：「糟了，怎麼辦？」

兔爸爸對大家說：「只是一個小小的突發狀況，沒有什麼大不了的。我們用『備用金』催幾位工匠，很快就會修好了。」

果然，工匠叔叔很快就把屋頂修好了，還給屋頂刷了新的顏色。

花兔妹妹在小記事簿上寫下：「備用金」用來應付突發狀況。

晚上，兔媽媽宣布這個月預算的使用情況——生活費和教育費都剛好花完，醫療費和備用金還剩下一點兒，旅遊費還沒有使用。

「我跟爸爸商量了，這個月底我們全家去海邊旅行。費用嘛，除了預算中的旅遊費，剩下的醫療費和備用金也可以加進來。」

小兔子們都開心地跳了起來，去海邊是他們一直以來的夢想呀！

27

兔子一家在海邊度過了愉快的周末，更令人興奮的是，因為多了一些錢，他們去坐了遊輪，遊輪行駛在大海中央，雪兔姐姐把大海畫在畫紙上，花兔妹妹邀請小海豚一起跳舞，風兔弟弟用手風琴為他們伴奏……

　　兔爸爸説：「感謝管家媽媽，合理安排預算，才讓我們有這麼舒適的旅行。現在小兔子們對預算應該更了解吧！」

　　花兔妹妹説：「預算就是不能想怎麼花錢就怎麼花錢。」

　　風兔弟弟説：「預算讓我們安心。」

　　雪兔姐姐説：「預算讓我們有更好的選擇。」

金錢小百科

① 什麼是預算？

預算是對錢的來源與去向的估計。

個人和家庭的預算，是根據收入來決定能支出多少金錢，如購買生活必需品、教育費用、醫療費用等。

企業和國家的預算則要經過嚴密的計算和法定程序審批，來確定財政支出的方向和數量。

相比於個人和家庭預算，國家的預算包括的範疇更多，如社會保障、交通運輸、醫療、教育、國防、就業等。

② 為什麼要預算？

人的慾望是無止境的，但是能夠滿足慾望的金錢是有限的，預算幫助我們有規劃地使用金錢。

沒有預算的隨意消費會怎麼樣？短期看來是沒有問題的，你會很享受自由花錢的樂趣，但是長此以往，很可能會導致入不敷支，甚至在發生意外情況需要金錢的時候，你卻無力支付。因此，預算讓你更從容面對生活。

③ 怎樣做好預算？

預算需要自律。

①養成記賬的好習慣。

記賬不僅是一種良好的生活習慣，也是一個管理金錢的好方式。剛開始記賬的時候，你可以只記錄花掉的錢，慢慢地，你就會發現自己在哪些地方花的錢比較多、花了哪些多餘的錢，從而建立良好的消費習慣。

②設定支出的重要性，劃分支出範疇。

我們可以支出的錢是有限的，設定支出的重要性可以幫助我們合理地安排預算。有些事情必須花錢，支出的重要性最高，如生活必需品；有些可以暫時不買，那麼支出的重要性就低。按支出的重要性從高到低的順序分配預算，至少可以確保你的生活平穩。

當然，同一件事對不同的人來說，支出的重要性是不同的。比如，一支畫筆對一位畫家來說至關重要，但是對於音樂家卻未必重要。